AF370211

# DIANE ET ENDIMION,

## PASTORALE HEROIQUE.

*Mise en Musique par le fils de PHILIDOR l'aisné, Ordinaire de la Musique du Roy.*

## A PARIS,

Par CHRISTOPHE BALLARD, seul Imprimeur du Roy
pour la Musique, ruë S. Jean de Beauvais,
au Mont-Parnasse.

MDC. XCVIII.

# PERSONNAGES

## DU

## PROLOGUE.

VERTUMNE, *Dieu des Jardins,* M. de Pluvigny.

FLORE, *Déesse des Fleurs,* Mademoiselle des-Enclos.

ZEPHIRE, *Amant de Flore,* M. Varin.

CHOEUR *de suivans de Vertumne & de Flore.*

# PROLOGUE.

## VERTUMNE.

Es superbes Jardins où je tiens mon
 Empire,
Font paroître à nos yeux mille agré-
 mens nouveaux,
Ils sont faits pour un Roy que l'Univers admire,
Et c'est luy qui les rend si beaux.

## FLORE.

Que ce séjour est agréable,
Que les Amans y sont heureux,
C'est un azile favorable
Pour les plaisirs & pour les jeux.
Sans les Amours rien n'est aimable,
Tout peut icy combler nos vœux,
C'est un azile favorable,
Pour les plaisirs & pour les jeux.

A ij

# PROLOGUE.

## ZEPHIRE.

*La Paix succéde enfin aux horreurs de la Guerre,*
*Ce bien vient d'un Heros qu'on ne peut trop cherir,*
*Qui peut donner le repos à la Terre,*
*Fait plus que de la conquerir.*

## VERTUMNE.

*Renouvellez pour luy plaire,*
*Les Amours de Diane & de l'heureux Berger,*
*Qui sçait engager,*
*Cette Deesse si severe ;*
*Joignez à vos accords de pompeux ornemens,*
*Chantez, & que tout vous réponde ;*
*Que le Ciel, que la Terre, que l'Onde*
*Partagent vos plaisirs & secondent vos Chants.*

## CHOEUR.

*Joignons à nos accords de pompeux ornemens,*
*Chantons, & que tout nous réponde,*
*Que le Ciel, que la Terre, que l'Onde*
*Partagent nos plaisirs & secondent nos Chants.*

# FIN DU PROLOGUE.

# ACTEURS

## DE LA

## PASTORALE.

 IANE, sous l'habit d'une Bergére,
*Mademoiselle Chape.*

MELISSE, Confidente de Diane,
*Mademoiselle Varango.*

ENDIMION, Berger aimé de Diane,
*M. Jonquet.*

CHOEUR d'Ombres.

ARCAS, Confident d'Endimion, *Monsieur
Bastaron.*

CHOEUR de Plaisirs & de Jeux.

Un PLAISIR,      *M. Gaye.*

Un CHASSEUR,     *M. Coursier.*

TROMPE de Chasse,    *M. Dampiere.*

CHOEUR de Chasseurs.

A iij

AMARILLIS, Bergere.

ALCIDON, Berger,   *M. de la Biffe.*

PAN, Dieu des Bergers,  *M. Guillegault.*

CHOEURS de Bergers & de Divinitez des Bois.


La Scene est dans une Forest
de l'Acarie,

# DIANE,
## ET
# ENDIMION,
## PASTORALE HEROIQUE.

# ACTE I.

## SCENE PREMIERE.
### ENDIMION seul.

*CES lieux sont faits pour le silence,*
*Rien n'en trouble l'heureuse paix,*
*Tout y répond aux souhaits*
*De ma tranquille innocence;*
*C'est sous ces arbres épais*
*Que le sommeil a mille attraits,*

*Cédons à sa douce puissance,*
*Ces lieux sont faits pour le silence,*
*Rien n'en trouble l'heureuse paix.*

# SCENE SECONDE.

## DIANE, ENDIMION endormy.

### DIANE.

*Tu triomphes, cruel Amour,*
*J'avois bravé jusqu'en ce jour*
*Tes feux & ton pouvoir suprême;*
*Mais je sens que j'aime à mon tour.*
*Tu triomphes, cruel Amour.*

*Helas ! quelle foiblesse extrême !*
*Depuis que je languis sous ta severe loy,*
*Je ne sens que trouble & qu'effroy,*
*Et le Ciel même,*
*N'a plus d'attraits pour moy,*
*Tout me déplaît, si je ne voy*
*L'insensible Berger que j'aime.*

SCENE

# SCENE TROISIE'ME.

DIANE, MELISSE, ENDIMION endormy.

## DIANE.

AH! Melisse, viens-tu soûlager mon tourment.

## MELISSE.

Quoy? sous l'habit d'une Bergere,
Diane vient rêver dans ce lieu solitaire.

## DIANE.

Que tu plaindrois mon sort dans ce moment,
Si j'osois t'expliquer d'où vient ce changement:
Helas! de ce soûpir, comprens-tu le mistere.

## MELISSE.

D'un peu d'amour faut-il vous allarmer,
C'est le seul bien qui peut charmer:

Un cœur insensible,
D'un vain mépris a beau s'armer,
Son sort le plus paisible,
Ne vaut-il pas le plaisir d'aimer.

## DIANE & MELISSE.

Que sert-il d'affecter de paroistre insensible,
Plus nous cachons nostre tourment,
Plus en secret nostre cœur nous dément.

B

#### DIANE.

*Le voici, le Vainqueur, à qui je rends les armes,*
*Dans les bras du sommeil il dort tranquillement,*
*Si son cœur ressentoit mes cruelles allarmes,*
*Il ne joüiroit pas d'un repos si charmant.*

*Laisse-moy, de grace un moment*
*Dans cette aimable solitude.*

*Je veux entretenir ma triste inquietude*
*Des funestes froideurs d'un insensible Amant.*

# SCENE QUATRIE'ME.

## DIANE ET ENDIMION,

#### DIANE.

*EN vain fierté trop severe,*
*Vous voulez m'obliger à me taire ;*
*L'aimable Endimion a bien sçû vous punir,*
*Pour luy mon cœur est sans deffense,*
*Et malgré son mépris & son indifference,*
*De mon amour je veux l'entretenir.*

*Phantômes dont l'aspect fait trembler tout le monde,*
*Ombres, venez dans ce jour,*
*Réveillez ce Berger, troublez sa paix profonde,*
*Je veux qu'il ressente à son tour*
*Les peines de l'amour.*

## SCENE CINQUIE'ME.

Chœur d'Ombres & de Phantômes,
ENDIMION, DIANE.

### CHOEUR.

REveillons ce Berger, troublons sa paix profonde ;
    Il faut qu'il ressente à son tour
    Les peines de l'amour.

### ENDIMION.

Quel bruit fâcheux trouble le sort tranquille
Dont je joüis dans ces aimables lieux :
Fuyez, Phantômes vains, respectez cet azile,
Portez plus loin vostre aspect odieux.

Ah Ciel ! qu'ai-je senti, d'où naissent ces allarmes,
Je tremble, je soupire, & je fremis d'horreur :
Calme heureux, doux repos, qui regniez dans
    mon cœur,
Que sont devenus tous vos charmes ?

### DIANE.

Endimion le veut, Ombres, retirez-vous ;
Il se plaint qu'il n'a plus ce calme aimable & doux
    Qui rendoit son ame contente :
    Ombres, partez, laissez-le en paix.

B ij

*Et vous jeux & plaisirs venez par vos attraits*
*Eloigner ce qui l'épouvante.*

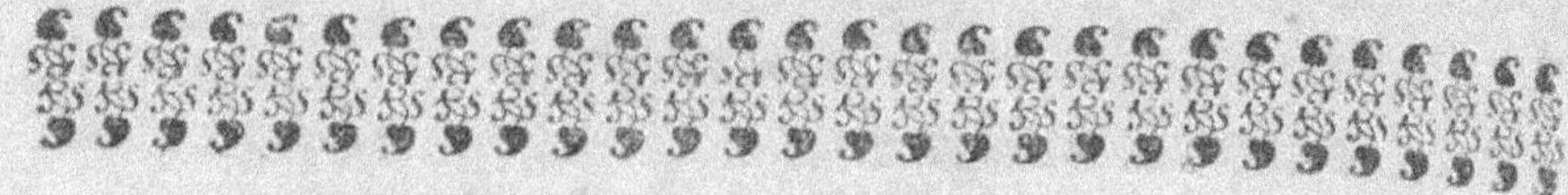

## SCENE SIXIE'ME.

Chœur de Plaisirs & de Jeux,
### DIANE, ENDIMION.
### UN PLAISIR.

*Heureux sont les cœurs*
*Que l'Amour enchaisne,*
*Sa plus rude peine*
*N'a que des douceurs :*
*Heureux sont les cœurs*
*Que l'Amour enchaisne.*
*Heureux sont les cœurs*
*Pleins de ses ardeurs.*

### CHOEUR.

*Heureux sont les cœurs*
*Que l'Amour enchaisne,*
*Sa plus rude peine*
*N'a que des douceurs :*
*Heureux sont les cœurs*
*Que l'Amour enchaisne,*
*Heureux sont les cœurs*
*Pleins de ses ardeurs.*

## UN PLAISIR.

Jeuneſſe charmante
Profitez des beaux jours
Suivez toûjours
D'une ardeur conſtante
Le doux penchant qu'inſpirent les Amours.

## CHOEUR.

Heureux ſont les cœurs
Que l'Amour enchaiſne,
Sa plus rude peine,
N'a que des douceurs :
Heureux ſont les cœurs
Que l'Amour enchaiſne,
Heureux ſont les cœurs
Pleins de ſes ardeurs.

De l'âge qui paſſe
Ménagez le Printemps,
Avec les ans
La Beauté s'efface ;
Jeuneſſe aimez ; chaque choſe a ſon temps.

Heureux ſont les cœurs
Que l'Amour enchaiſne,
Sa plus rude peine
N'a que des douceurs,
Heureux ſont les cœurs
Que l'Amour enchaiſne,

*Heureux sont les cœurs*
*Pleins de ses ardeurs.*

# SCENE SEPTIE'ME.
## DIANE, ENDIMION,

### ENDIMION.

D'Où me naist ce secours, belle Bergere hélas!
C'est donc vous qui calmez mon trouble & ma
   tristesse,
   Et vous ne me connoissez pas:
D'où vient qu'à mon repos vôtre cœur s'interesse.

### DIANE.

Hélas!

### ENDIMION.

Vous soûpirez

### DIANE.

   Je vous connois trop bien;
Mais ne demandez point pour qui mon cœur soûpire,
   Que me serviroit-il de le dire,
   Puisque le vôtre n'aime rien.

### ENDIMION.

Mon cœur n'est plus en ma puissance,
De deux beaux yeux il a senti les coups,
Mais il n'ose parler & se fait violence
Pour ne pas decouvrir tout ce qu'il sent pour
   vous.

## DIANE & ENDIMION.

*Ah ! quel plaisir extrême*
*Pour un cœur qui se sent charmé,*
*De dire qu'il aime*
*Quand il n'a jamais aimé.*

### ENDIMION

*Il est vray qu'autrefois je vivois sans allarmes*
*Dans ce tranquile sejour,*
*Je n'aimerois rien, mais que ne peut l'Amour*
*Quand il se sert de tous vos charmes !*

### DIANE.

*Vous m'aimez*

### ENDIMION.

*De vos yeux accusez le pouvoir,*
*Si vous blâmez cet aveu temeraire ;*
*Mais songez que vôtre colere*
*Pourroit me mettre au desespoir.*

### DIANE.

*Esperez tout de vôtre ardeur fidelle,*
*Si vous m'aimez je sens les mêmes traits.*

### DIANE, & ENDIMION.

*Oüy, je mourray plûtost que de rompre jamais*
*Une chaine si belle.*

## DIANE.

*Il faut que je m'arrache à cet heureux sejour,*
*Helas ! qu'en vous quittant je me fais violence,*
*Adieu, Berger, qu'un peu d'absence*
*N'affoiblisse point vôtre amour.*

## ENDIMION.

*Vous me quittez ; helas ! qu'elles sont mes allarmes.*

## DIANE.

*Non, non, ne craignez rien de mon éloignement,*
*C'est à moy seulement*
*Qu'il en pourra coûter des larmes.*

## ENDIMION.

*Demeurez.*

## DIANE.

*Non, laissez-moy courir*
*Où mon devoir m'appelle.*

## ENDIMION.

*Vous m'aimez, je vous aime, & vous partez,*
*cruelle :*
*Ah ! c'est assez pour en mourir.*

# FIN DU PREMIER ACTE.

ACTE

# ACTE II.

## SCENE PREMIERE.

### ENDIMION seul.

*U*'estes-vous devenuë, adorable Ber-
  gere,
   Où sont vos regards si char-
   mans,
  Ingrate, vous fuyez, & vôtre ame legere
Se plaist à me plonger dans mille affreux tourmens.

Beaux lieux, secrets témoins de ma flâme nais-
 sante,
  Aprés avoir veu mon bon-heur,
Soyez touchez du mal qui me tourmente,
  Plaignez, plaignez un triste cœur,
Un cœur prest à mourir d'amour & de douleur.

C

## SCENE SECONDE.

### ARCAS, ENDIMION.

#### ARCAS.

ALlons, Berger, le temps nous preſſe,
Ne veux-tu pas ſeconder nos ardeurs ;
Déja tous nos Chaſſeurs
Font retentir les airs de leurs Chants d'allegreſſe.
Quoy ! tu verſes des pleurs,
D'où vient cette ſombre triſteſſe ?

#### ENDIMION.

Ah ! cher Arcas, reconnois ma foibleſſe,
Un Dieu, que l'on m'a vu mépriſer tant de fois,
Enfin me ſoumet à ſes loix.

#### ARCAS.

Quoy ! ſeroit-ce l'Amour ? mépriſez ſa menace,
Et reſiſtez-luy comme nous ,
Les plaiſirs de la Chaſſe
Mettent nos cœurs à couvert de ſes coups.

Berger délivre-toy d'un funeſte eſclavage.

#### ENDIMION.

La Bergere qui m'engage
N'a que trop ſçu me charmer ;

Mais l'ingrate, la volage,
N'a feint de m'aimer
Que pour m'accabler d'avantage.

### ARCAS.

Dans l'empire amoureux
On s'expose à souffrir mille peines cruelles,
Les Amans les plus fidelles
Ne sont pas les plus heureux :
Crois-moy, fuis de l'Amour les charmes dangereux.

### ENDIMION.

Ah ! peut-on resister à son pouvoir suprême ?

### ARCAS.

Viens partager nos Jeux & nos Chansons,
La Chasse que nous préparons
Bannira de ton cœur cette foiblesse extrême.

# SCENE TROISIE'ME.

CHOEUR de Chasseurs...ENDIMION,
ARCAS.

### CHOEUR DE CHASSEURS.

Que la Chasse a d'attraits, que ses plaisirs sont
doux,
Dans ce grand jour assemblons-nous,

*Parcourons ces forests & ces sombres bocages,*
*Que les bestes sauvages*
*Perissent sous nos coups.*

Un CHASSEUR & le CHOEUR,

*Dans ces bois regnent les plaisirs,*
*L'on n'y craint point les soupirs,*
*Nos douceurs sont toujours nouvelles,*
*Rien ne s'oppose à nos vœux,*
*Ces gazons, ces forests si belles*
*Ont dequoy nous rendre heureux.*

Un CHASSEUR & le CHOEUR,

*Tendres cœurs soumis à l'amour*
*N'entrez point dans ce séjour,*
*Nous fuyons les chaisnes cruelles,*
*De ce Dieu trop rigoureux,*
*Ces gazons, ces forests si belles*
*Ont dequoy vous rendre heureux.*

ENDIMION,

*Nos Bergers que l'Amour appelle.*
*Viennent pour préparer une feste nouvelle,*
*Laissez-moy partager avec eux*
*La douceur de leurs Chants amoureux.*

# FIN DU SECOND ACTE,

# ACTE III.

## SCENE PREMIERE.

### AMARILLIS, ALCIDON, ENDIMION.

### AMARILLIS.

*Uivons l'Amour, c'est un aimable mai-*
*stre,*
*Peut-on trop-tost former de si beaux*
*nœuds,*
*Les Jeux, les Ris, les plaisirs vont paraistre,*
*Quelle douceur pour les cœurs amoureux.*

*Dans ces beaux lieux le Printemps vient de naistre,*
*Et son retour flatte nos tendres vœux,*
*Les Jeux, les Ris, les Plaisirs vont paraistre,*
*Quelle douceur pour les cœurs amoureux.*

### ALCIDON.

*La jeune beauté qui m'enchante*
*Approuve mon ardeur constante,*

Il n'est rien icy-bas,
D'égal à ses appas.
Les roses nouvelles
Ne sont pas si belles,
Et je prise bien plus mes fers
Que l'Empire de l'Univers.

### AMARILLIS.

Le Berger qui m'a sçu plaire,
M'aimera toujours constamment,
Ah! puisque son cœur est sincere,
Je souffriray plustost le plus cruel tourment
Que d'essayer un autre engagement.

### TOUS DEUX.

Qu'il est doux d'estre fidelle,
On ne doit s'enflâmer
Que pour former
Une chaisne éternelle.

### ENDIMION.

Bergers, que vous estes heureux,
Vous joüissez d'une tranquille vie,
Tout comble icy vostre plus douce envie,
Vous avez avec vous les Plaisirs & les Jeux,
Bergers, que vous estes heureux.

Pour moy de qui le sort n'a rien que de funeste,
Je crains que mes soupirs
Ne troublent vos plaisirs.
Et l'espoir de la mort est le seul qui me reste,
Puisque je ne puis voir l'objet de mes desirs.

## SCENE SECONDE.
### PAN, ENDIMION.
#### PAN.

QUe fais-tu, pourquoy suivre un dessein si barbare?
Il ne t'est pas permis de te donner la mort,
C'est l'Amour qui regle ton sort,
Heureux Endimion, vois ce qu'il te prépare.

## SCENE TROISIE'ME.
### DIANE, PAN, ENDIMION,
#### Chœur de Divinitez.
#### ENDIMION.

MEs yeux me trompez-vous? Est-ce un enchan-
tement?
Dans Diane je vois la Bergere que j'aime,
Que dois-je croire, helas! dans ce fatal moment.
#### DIANE.
Vous ne vous trompez-pas, c'est Diane elle-même,
Qui pour couronner vôtre ardeur
Vous reconnoist pour son vainqueur
Ne soyez pas surpris par sa grandeur suprême.

Par mon ordre Vulcain a basty ce Palais;
C'est pour vous, c'est pour moy, que la pompe en est
faite.

*Venez gouster à jamais*
*Un destin plein d'attraits,*
*Venez gouster à jamais*
*Une felicité parfaite.*

*Et vous Divinitez de la Terre & des Eaux,*
*Celebrez ce grand jour par des Concerts nouveaux.*

*Chantez, tous ensemble,*
*Les plaisirs & les tendres vœux*
*De deux cœurs amoureux*
*Que l'Amour assemble*
*Pour les rendre à jamais heureux*

## CHŒURS DE DIVINITEZ.

*Chantons tous ensemble*
*Les plaisirs & les tendres vœux*
*De deux cœurs amoureux*
*Que l'Amour assemble*
*Pour les rendre à jamais heureux.*

## FIN.